JEUNESSE

Collection dirigée par
Anne-Marie Villeneuve et
Marie-Josée Lacharité

3/23

Gilles Tibo

© Martine Doyon

Illustrateur depuis plus de vingt ans, Gilles Tibo est reconnu pour ses superbes albums, dont ceux de la série *Simon*. Enthousiasmé par l'aventure de l'écriture, il a créé d'autres personnages. Il s'est laissé charmer par ces nouveaux héros qui prenaient vie, page après page. Pour notre plus grand bonheur, l'aventure de Noémie est devenue son premier roman.

Louise-Andrée Laliberté

© Marc Riverin

Quand elle était petite, pour s'amuser, Louise-Andrée Laliberté inventait toutes sortes d'histoires pour décrire ses gribouillis maladroits. Maintenant qu'elle a grandi, les images qu'elle crée racontent elles-mêmes toutes sortes d'histoires. Louise-Andrée crée avec bonne humeur des images, des décors ou des costumes pour les musées et les compagnies de publicité ou de théâtre. Tant au Canada qu'aux États-Unis, ses illustrations ajoutent de la vie aux livres spécialisés et de la couleur aux ouvrages scolaires ou littéraires. Elle illustre pour vous la série *Noémie*.

Série Noémie

Noémie a sept ans et trois quarts. Avec Madame Lumbago, sa vieille gardienne qui est aussi sa voisine et sa complice, elle apprend à grandir. Au cours d'événements pleins de rebondissements et de mille péripéties, elle découvre la tendresse, la complicité, l'amitié, la persévérance et la mort aussi. Coup de cœur garanti !

Noémie

La Baguette maléfique

Du même auteur chez Québec Amérique

Jeunesse

SÉRIE PETIT BONHOMME

Le corps du Petit Bonhomme, album, 2005.
Les images du Petit Bonhomme, album, 2003.
Les chiffres du Petit Bonhomme, album, 2003.
Les musiques du Petit Bonhomme, album, 2002.
Les mots du Petit Bonhomme, album, 2002.

SÉRIE PETIT GÉANT

Le Dernier Cauchemar du petit géant, coll. Mini-Bilbo, 2007.
Le Grand Ménage du petit géant, coll. Mini-Bilbo, 2005.
Le Petit Géant somnambule, coll. Mini-Bilbo, 2004.
Les Animaux du petit géant, coll. Mini-Bilbo, 2003.
Le Camping du petit géant, coll. Mini-Bilbo, 2002.
L'Orage du petit géant, coll. Mini-Bilbo, 2001.
La Nuit blanche du petit géant, coll. Mini-Bilbo, 2000.
La Planète du petit géant, coll. Mini-Bilbo, 1999.
La Fusée du petit géant, coll. Mini-Bilbo, 1998.
Les Voyages du petit géant, coll. Mini-Bilbo, 1998.
Les Cauchemars du petit géant, coll. Mini-Bilbo, 1997.
L'Hiver du petit géant, coll. Mini-Bilbo, 1997.

SÉRIE NOÉMIE

Noémie 17 - Bonheur à vendre, coll. Bilbo, 2007.
Noémie 16 - Grand-maman fantôme, coll. Bilbo, 2006.
Noémie 15 - Le Grand Amour, coll. Bilbo, 2005.
Noémie 14 - Le Voleur de grand-mère, coll. Bilbo, 2004.
Noémie 13 - Vendredi 13, coll. Bilbo, 2003.
Noémie 12 - La Cage perdue, coll. Bilbo, 2002.
Noémie 11 - Les Souliers magiques, coll. Bilbo, 2001.
Noémie 10 - La Boîte mystérieuse, coll. Bilbo, 2000.
Noémie 9 - Adieu, grand-maman, coll. Bilbo, 2000.
Noémie 8 - La Nuit des horreurs, coll. Bilbo, 1999.
Noémie 7 - Le Jardin zoologique, coll. Bilbo, 1999.
Noémie 6 - Le Château de glace, coll. Bilbo, 1998.
Noémie 5 - Albert aux grandes oreilles, coll. Bilbo, 1998.
Noémie 4 - Les Sept Vérités, coll. Bilbo, 1997.
Noémie 3 - La Clé de l'énigme, coll. Bilbo, 1997.
Noémie 2 - L'Incroyable Journée, coll. Bilbo, 1996.
Noémie 1 - Le Secret de Madame Lumbago, coll. Bilbo, 1996.
  • **Prix du Gouverneur général du Canada 1996**

Ma meilleure amie, coll. Album, 2007.
La Nuit rouge, coll. Titan, 1998.

Adulte

Les Parfums d'Élisabeth, coll. Littérature d'Amérique, 2002.
Le Mangeur de pierres, coll. Littérature d'Amérique, 2001.

Noémie
La Baguette maléfique

GILLES TIBO

ILLUSTRATIONS : LOUISE-ANDRÉE LALIBERTÉ

QUÉBEC AMÉRIQUE Jeunesse

Catalogage avant publication de Bibliothèque et Archives nationales
du Québec et Bibliothèque et Archives Canada

Tibo, Gilles
La baguette maléfique
(Noémie ; 18)
(Bilbo ; 173)
Pour enfants de 7 ans et plus.

ISBN 978-2-7644-0641-0

I. Laliberté, Louise-Andrée. II. Titre. III. Collection: Tibo, Gilles.
Noémie ; 18. IV. Collection: Bilbo jeunesse ; 173.

PS8589.I26B33 2008   jC843'.54   C2008-940872-1
PS9589.I26B33 2008

 Conseil des Arts
du Canada

Canada Council
for the Arts

Nous reconnaissons l'aide financière du gouvernement du Canada par
l'entremise du Programme d'aide au développement de l'industrie de
l'édition (PADIÉ) pour nos activités d'édition.

Gouvernement du Québec – Programme de crédit d'impôt pour
l'édition de livres – Gestion SODEC.

Les Éditions Québec Amérique bénéficient du programme de subvention
globale du Conseil des Arts du Canada. Elles tiennent également à
remercier la SODEC pour son appui financier.

Québec Amérique
329, rue de la Commune Ouest, 3e étage
Montréal (Québec) H2Y 2E1
Téléphone: 514 499-3000, télécopieur: 514 499-3010

Dépôt légal: 3e trimestre 2008
Bibliothèque nationale du Québec
Bibliothèque nationale du Canada

Révision linguistique: Danièle Marcoux et Annie Pronovost
Mise en pages: Karine Raymond
Conception graphique: Isabelle Lépine

Tous droits de traduction, de reproduction et d'adaptation réservés

© 2008 Éditions Québec Amérique inc.
www.quebec-amerique.com

Imprimé au Canada

Pour Guylaine Michaud,
qui rêve d'une baguette magique…

-1-

L'exposé oral

Aujourd'hui… là… tout de suite… immédiatement… en cette fin d'après-midi, moi, Noémie, je suis tellement énervée que je voudrais ne plus m'appeler Noémie : je voudrais m'appeler Sandrine, Marie-Pier, Sophie… Je voudrais devenir quelqu'un d'autre pour quelques minutes… J'aimerais me retrouver à cent mille années-lumière de la Terre, dans un autre système solaire, une autre galaxie, très loin, de l'autre côté du bout du monde… Mais j'ai beau fermer les yeux, me concentrer, vouloir disparaître, je suis toujours assise sur ma chaise, dans ma classe. En état de panique, j'attends mon tour pour présenter mon exposé oral.

Mes mains tremblent. Mes oreilles bourdonnent. Mon cœur tressaille chaque fois que la suppléante, madame Gorgonzola, mentionne au hasard le nom d'un élève. Mon cœur bondit surtout lorsque le nom commence par un « N ». J'entends « N... athalie ». Fiou, ce n'est pas moi. Nathalie se lève, se précipite devant la classe et nous raconte l'histoire des grandes pyramides. C'est clair. C'est net. C'est précis. Toute la classe l'applaudit.

Ensuite, après quelques autres noms qui commencent par des « A », des « V », des « P », j'entends « N... oah ». FIOU, ce n'est pas moi... Noah se lève et nous parle des voitures de course. Encore une fois, c'est clair, c'est net, c'est précis. Toute la classe l'applaudit.

Moi, en attendant mon tour, je suis tellement crispée que mes ongles s'enfoncent dans mon cahier de notes. Le front plein de sueur froide, je tente de me relaxer, de me concentrer, et surtout, j'essaie de me souvenir des conseils que ma grand-maman m'a donnés quand je préparais ma recherche. Je dois parler lentement. Je dois bien m'exprimer. Je dois bouger un peu les bras pour ne pas avoir l'air d'un piquet de clôture...

Mais présentement, je suis tellement nerveuse que j'ai oublié presque toutes les informations concernant mon exposé sur la magie, la vraie magie. Les noms des grands magiciens s'effacent de ma mémoire... Ma tête devient plus vide qu'un ballon. Je suis... je suis très déçue de moi. En effet, moi, Noémie, moi qui ai déjà affronté des voleurs de banque, des extra-terrestres, des intraterrestres liquides, moi qui ai survécu à des corridors qui rapetissent, à des invasions d'animaux, à des drames de toutes sortes, moi qui ai déjà parlé à des cambrioleurs, à des fantômes, à des vampires... Malgré tout cela, moi, Noémie, je suis terrifiée par un petit exposé oral de deux minutes!!! Et je sais très bien pourquoi. Tout simplement parce que je n'aime pas la suppléante madame Gorgonzola. Elle remplace mon professeur qui est très malade depuis deux semaines et, depuis deux semaines, elle me terrorise avec son immense nez pointu, son gros menton pointu et sa voix pointue. Ce n'est pas compliqué, je n'aime pas cette remplaçante parce qu'elle est pointue de partout! Même ses doigts et ses souliers sont pointus! On dirait un cactus ambulant!

Madame Gorgonzola ne le sait pas, mais en cachette, nous lui donnons toutes sortes de surnoms... nous l'appelons madame Gorzola... madame Gonzo... madame Gorla... Pour rire, nous l'appelons toujours d'une façon différente.

Mais je n'ai pas le temps de rire très longtemps en imaginant des surnoms. J'entends tout à coup la voix haut perchée de madame Gonola qui résonne dans ma tête et jusque dans le fond de mes pieds:

—Bon, maintenant, nous allons écouter Noémie!

En entendant mon nom, je deviens plus lourde qu'un camion rempli de plomb. Mes yeux s'embrouillent. Le tableau, l'horloge et la classe deviennent flous. On dirait que les murs se transforment en caoutchouc mou. Mon cœur pétarade dans ma poitrine. Je voudrais pleurer, hurler ! Je ne fais rien de tout cela. Sans comprendre ce qui m'arrive, bien malgré moi, je sens mon corps se lever, mes pieds avancer jusqu'au bureau du professeur. Je me retourne : vingt-cinq élèves me fixent. Cinquante-deux yeux m'observent, dont ceux, très pointus de madame Gonolazo…

J'avale ma salive. Ma bouche s'ouvre mais il n'en sort aucun son. J'essaie de dire quelque chose… Il fait tellement noir dans ma tête que je ne trouve pas de mots… Je cherche en me tortillant sur place, en regardant le plafond, puis finalement, je réussis à marmonner:

— Aujourd'hui...

Ensuite, ma bouche s'ouvre et se ferme toute seule. En regardant le mur du fond, je balbutie des consonnes, des voyelles, des syllabes. Je dis quelque chose qui ressemble à cette phrase que je ne comprends pas moi-même:

— C'est à cause des lapins et des chapeaux que les baguettes magiques sautent sur les ailes des colombes et que les magiciens ne font plus apparaître des bicyclettes sur la lune les soirs d'Halloween...

Tous les élèves me regardent, surpris.

J'essaie de prendre une grande inspiration, suivie d'une profonde expiration, mais on dirait

que mes poumons ne veulent plus laisser sortir l'air qu'ils contiennent. J'ai le thorax gonflé comme une montgolfière qui va exploser. Alors, dans un ultime effort pour dire quelque chose d'intelligible, j'ajoute :

— Ne comptez pas sur moi pour vous révéler tous les trucs que j'ai appris avant de disparaître dans la manche du chapeau du magicien à la télévision...

Mes camarades me regardent, ahuris, les yeux ronds, la bouche grande ouverte.

Et là, dans mon délire, alors que les mots sortent de ma bouche comme ils le veulent, c'est-à-dire à l'endroit, à l'envers, de travers et sans queue ni tête, j'entends la voix pointue de madame Zogorla... qui me dit :

—Noémie… prends le temps de respirer…

Lorsque j'entends ces mots, mes poumons se vident d'un coup sec. Mon cerveau ralentit sa course. Les mots freinent et je dis le plus lentement possible :

—Bon! D'accord! En résumé, ce que je veux dire est très simple et vraiment pas compliqué, parce que finalement, pour les magiciens, la magie est quelque chose de normal alors que nous, on veut toujours connaître le truc. Et les trucs, personne n'accepte de nous les dire, parce que le truc, c'est que si on connaît les trucs, la magie n'est plus de la magie, mais des trucs… Est-ce que le truc du truc est clair?

Tout le monde me regarde avec un très gros pli dans le

front et la bouche en accent cir-
conflexe.

Je suis tellement confuse que je comprends très bien qu'ils ne comprennent rien… Je ne sais plus si je parle tout haut ou bien dans ma tête. Je ne sais plus si nous sommes le matin ou l'après-midi… Et là, alors que je suis sur le bord de perdre connaissance, j'entends, à l'intérieur de ma tête, la voix de ma belle grand-maman. Elle me dit : « Noémie, répète ce que nous avons préparé ensemble. » Alors je me concentre et, comme une automate, je répète, mot pour mot, toutes les informations que j'ai trouvées avec grand-maman.

À la fin de mon exposé, je dis :

— Voilà ! c'est tout !

Silence dans la classe. Personne n'applaudit. Personne ne me félicite. Madame Gonzo… griffonne quelques mots sur une feuille en répétant «Hum… Hum…» de sa voix pointue. Je n'ai jamais été aussi humiliée de toute ma vie.

-2-
L'objet mystérieux

Déçue par ma performance, je retourne à ma place. Je m'assois et je ne bouge plus. Je suis certaine que je vais recevoir une note de 0 % pour cet exposé. Les yeux pleins d'eau, je vois la formidable Mathilde qui se rend devant la classe, qui se retourne et qui nous explique pourquoi l'eau de la mer est salée. Pendant que Mathilde nous parle comme si elle était toute seule dans sa chambre, moi je tourne la tête et je regarde par la fenêtre. Dans le ciel, j'aperçois un gros nuage dont la forme me fait penser à un chapeau de magicien. Poussé par le vent, un petit nuage, qui ressemble à un lapin, sort lentement du gros chapeau. Je cligne des yeux pour voir si je ne rêve pas. Non, je ne rêve pas. Le petit lapin se transforme lentement en colombe, puis la colombe s'étiole…

Mathilde termine son exposé. Toute la classe applaudit. Puis, la cloche sonne pour annoncer la fin des cours. Je m'empare de mon sac à dos et je me précipite dehors en compagnie de mes deux amies, Mélinda et Roxanne.

Rendue sur le trottoir, je soupire :

—Je déteste les exposés oraux.

— Moi aussi, répond Mélinda.

— Moi aussi, ajoute Roxanne.

Et là, il se produit un phénomène que je ne comprends pas. Roxanne, Mélinda et moi, nous détestons faire des exposés oraux devant la classe, mais nous sommes capables de parler toutes les trois en même temps pendant des heures et des heures. Sur le chemin du retour, nous avons tellement de choses à dire, nous parlons tellement vite que j'en deviens tout étourdie. Les voix de mes amies résonnent dans mes oreilles. J'entends une symphonie de «Bla… bla…» de «Sais-tu quoi?» Chacune répète aux deux autres: «Non mais, écoute-moi!»

Et puis soudain, en plein milieu d'une envolée oratoire, nous cessons toutes les trois de parler en même temps.

Silence complet sur la terre et dans le ciel. Même les oiseaux se taisent.

Un objet inconnu traîne sur le bord du trottoir.

Cette chose ressemble à un petit bâton. Un petit bâton sur lequel on a gravé toutes sortes de signes étranges. Je me penche pour le ramasser, mais Roxanne s'écrie:

—Noémie, ne touche pas à ça!

Je me fige sur place:

—Mais pourquoi? Qu'est-ce que…

—Je ne sais pas, répond Roxanne. C'est peut-être quelque chose de très dangereux…

—Qu'est-ce qu'il y a de si dangereux là-dedans? demande Mélinda.

Recroquevillées sur le trottoir, Mélinda, Roxanne et moi examinons la chose… sans y toucher. Et cette chose ressemble à une véritable baguette magique. Elle est plus belle et plus brillante que toutes celles que j'ai vues sur les photographies en effectuant ma recherche. La baguette semble lumineuse.

J'avance la main. Roxanne me crie encore :

—ATTENTION, NOÉMIE !

—Quoi? Qu'est-ce qu'il y a encore?

—Attention, Noémie ! Si c'est une vraie baguette magique appartenant à un vrai magicien, tu te transformeras peut-être… si tu y touches…

Elle m'énerve, Roxanne, lorsqu'elle s'énerve plus que moi…

—Si je touche à la baguette, je vais me transformer en quoi?

—Je l'ignore… En lapin, ou peut-être en colombe…

Une petite crainte germe dans mon cerveau. Je me souviens des conseils prodigués par mon père, ma mère et ma grand-maman. Dans cette longue liste, il est recommandé de ne

pas toucher à des objets
inconnus, appartenant à des
inconnus, surtout si ces inconnus
sont des gens qu'on ne connaît
pas, des gens dont on ignore
le nom et le prénom... Alors,
je réfléchis à la vitesse de
l'éclair et, comme je suis très

intelligente, je trouve rapidement une solution pour m'emparer de la baguette... sans y
toucher.

Avec le bout d'une petite
branche qui traîne sur le trottoir, je pousse la baguette. Elle
tourne sur le béton en émettant
un curieux bruit de verre, puis
elle s'arrête.

Il ne se passe presque rien
de spécial. Sauf qu'une centaine
d'oiseaux s'installent sur le fil
électrique juste au-dessus de
nous.

Étrange, très étrange!

Je soulève la baguette avec
le bout de la branche et je
donne un petit coup sec. La
baguette fait une pirouette dans
les airs puis retombe sur le
trottoir en émettant, encore, un
tintement de verre.

Il ne se passe rien de spécial. Sauf que, soudainement, un gros nuage passe devant le soleil. Le ciel devient noir pendant quelques secondes. On dirait que la nuit tombe en plein jour. Je demande à mes deux amies :

— Avez-vous vu ça ?

— Simple coïncidence, soupire Mélinda.

— Il vaut mieux ne pas prendre de risque, nous avertit Roxane en se relevant.

Bon, moi, j'en ai assez de tout ce tralala. J'approche la main de la baguette, mais Roxane s'empresse, encore une fois, de semer le doute dans mon esprit :

— Attention, Noémie ! Si tu y touches, tu te transformeras

peut-être en chauve-souris, en crapaud ou en lézard!

— Mais voyons, Roxanne, ce sont des histoires, tout ça! Je l'ai expliqué dans mon exposé. La vraie magie, ça n'existe pas. Il y a toujours des trucs.

— Pas toujours, rétorque Roxanne en s'éloignant à petits pas. J'ai vu un vrai magicien à la télévision et il n'y avait aucun truc. Les objets apparaissaient et disparaissaient tout seuls!

De loin, Roxanne nous envoie la main. Mélinda et moi, nous ne répliquons pas, mais nous pensons la même chose: comme elle est naïve, cette pauvre Roxanne!

Roxane disparaît au coin de la rue. Mélinda me dit, tout bonnement, comme ça:

—Moi, Noémie, à ta place, je n'aurais pas peur de toucher à cette baguette!

Je n'ai même pas peur d'y toucher. Mais je réponds:

—Toi, Mélinda, tu devrais y toucher!

—Pourquoi moi? C'est toi qui l'a trouvée!

—Mais non, tu l'as vue en même temps que moi!

—Et puis? Ça ne prouve rien!

—Ça ne prouve rien pour toi non plus!

—Non, mais c'est toi qui aimes la magie!

—Pourquoi tu dis ça?

—Parce que tu as fait un exposé sur la magie!

—Et puis? Ça ne prouve rien!

—Mais oui!

—Mais non!

—Mais oui!

—Mais non!

Pour clore cette discussion qui ne mène à rien, je suggère:

—Bon, Mélinda, comme nous avons peur toutes les deux, nous devrions y toucher toutes les deux en même temps!

—Maintenant? Là? Tout de suite?

—Oui, tout de suite, pas l'année prochaine!

Surprise par ma suggestion, Mélinda répond:

—Non, je ne peux pas toucher à cette baguette!

—Pourquoi?

—Parce que j'ai mal à la main...

—N'importe quoi... Tu me dis n'importe quoi!

Bon, alors moi, Noémie, j'en ai assez! Je vais toucher à cette foutue baguette. Un point c'est tout!

-3-
Transformations extrêmes

Je fouille dans la poche de mon pantalon et j'en sors un papier mouchoir. Je le place sur la baguette et, du bout des doigts, je la soulève de quelques centimètres au-dessus du trottoir.

— Et puis? s'inquiète Mélinda.

— Et puis rien. Il ne se passe absolument rien… rien… rien… sauf que…

— Sauf que quoi?

— Sauf que mon cœur bat très, très vite.

En me regardant, Mélinda s'écrie:

—Noémie, tes cheveux! Tes cheveux!

—Quoi? Qu'est-ce qu'ils ont, mes cheveux?

—On dirait qu'ils défrisent…

—Quoi?

Mélinda recule de quelques pas en me fixant d'un air horrifié:

—Noémie, tes oreilles s'allongent!

Elle recule encore en mettant sa main devant sa bouche:

—Oh! Noémie! Tes yeux s'agrandissent!

Je laisse tomber la baguette sur le trottoir et, paniquée, comme si je voulais me sauver de moi-même, je cours vers le dépanneur. Je me regarde dans la vitrine. C'est vrai, on dirait que mes cheveux défrisent… un peu. On dirait que mes yeux

sont plus grands que d'habitude. Et pour mes oreilles, je ne sais plus. Je suis trop énervée.

La porte du dépanneur s'ouvre. J'aperçois ma voisine, madame Cormier, avec un journal sous le bras. Je me précipite vers elle :

—Madame Cormier ! Regardez-moi et dites-moi si vous trouvez que mes cheveux défrisent, que mes yeux et mes oreilles sont plus grands que d'habitude !

Surprise par ma question, ma voisine se penche pour m'examiner. Après m'avoir scrutée pendant quelques secondes, elle se relève pour me dire :

—Je ne l'aurais peut-être pas remarqué, mais effectivement, il me semble que tes cheveux sont un peu moins frisés que d'habitude et que tes yeux sont encore plus expressifs.

—Et mes oreilles? Comment sont mes oreilles?

—Je n'ai jamais remarqué tes oreilles, Noémie. Mais il me semble que tu as grandi depuis la dernière fois que je t'ai vue. Tes bras sont plus longs!

Elle m'examine encore, puis elle ajoute:

—Tes jambes aussi sont plus longues!

Pendant que madame Cormier s'éloigne, une panique totale s'empare de mon corps et de mon esprit. Je deviens plus chaude qu'une fournaise. Pour la deuxième fois aujourd'hui, je voudrais me sauver très loin de moi-même, mais... encore une fois, je suis prisonnière de mon corps. Tout à coup, j'ai

l'impression que mon cou rape-
tisse comme celui d'une tortue,
que mes pieds deviennent tout
petits comme ceux d'une sou-
ris… Je ne sais plus quoi faire.
Alors, je commence à galoper
sur le trottoir en direction de
chez moi. Je passe à toute vitesse
devant madame Cormier. Elle
me crie :

— On dirait une gazelle!

En courant, je regarde mes
jambes et il me semble qu'elles
sont deux fois plus longues que
d'habitude. Je ne cours plus, je
vole au-dessus du trottoir. Les
autres piétons se rangent sur le
côté en me voyant approcher.
Je rejoins Mélinda qui m'attend
à l'intersection. J'essaie de
m'arrêter à sa hauteur, mais
mon élan m'entraîne de l'autre

côté de la rue. Je fais trois fois le tour d'un arbre, deux fois le tour d'une borne-fontaine et une fois le tour d'une poubelle. Sans même ralentir, je retraverse la rue et je reviens vers Mélinda, qui n'a même pas eu le temps de bouger. En sautillant sur place, je lui demande :

—Mélinda! Mélinda! Qu'est-ce que je vais devenir?

—Comment ça?

En sautant de plus en plus haut, je dis :

—Je ne comprends pas ce qui m'arrive. On dirait… On dirait que je cours comme un léopard, que je sautille comme un kangourou…

Pour faire sa petite comique, Mélinda soupire :

—Oui... tu es en train de devenir l'arche de Noé... Noémie!

Puis elle ajoute, très fière de sa trouvaille:

—Tu frises comme un mouton, tu sautes comme un lapin, tu cours comme un guépard, tu parles plus vite qu'une pie, tu gesticules comme un chimpanzé!

Soudain, en entendant le mot «chimpanzé», il me vient une irrépressible envie de grimper. Je laisse tomber mon sac à dos, et, emportée par une frénésie incontrôlable, je grimpe dans le premier petit arbre que je vois. Je monte jusqu'au sommet en m'égratignant le dessous des bras – OUTCH! – et en m'écorchant les paumes... OUTCH!

OUTCH! Ça fait mal! Puis, les deux pieds dans les airs, je reste suspendue à la plus haute branche. Impossible de monter plus haut. Impossible de redescendre. Je n'ai plus de force dans les bras. Coincée entre ciel et terre, je crie :

— À moi! Au secours! Je vais tomber!

Je résiste quelques secondes en lançant mes jambes à gauche et à droite. Mais je ne trouve aucune branche où poser mes pieds. Je me cogne les genoux... OUTCH! OUTCH! OUTCH! Que ça fait mal!

Je deviens plus lourde qu'un éléphant. Un à un, mes doigts commencent à glisser et surtout à s'érafler sur l'écorce. OUTCH! Que ça fait donc mal! Je reste agrippée à la branche par l'index pendant une, deux, trois secondes, puis mon doigt se déplie lentement et je tombe dans le vide comme un oiseau qui a perdu ses ailes. En dégringolant, je me cogne la tête contre une branche. OUTCH! Je m'écrase sur le trottoir. OUTCH! Assise toute croche sur le béton, j'ai mal aux jambes, aux coudes, aux mains. Tout mon corps devient une grosse douleur. J'entends Mélinda qui s'inquiète:

— Noémie, ça va?

Impossible de répondre. J'ai trop mal.

Un petit monsieur s'approche en courant. Il me demande lui aussi:

— Est-ce que ça va?

Je suis tellement étourdie que je ne sais plus quoi dire. Il répète:

—Ça va?

Les yeux dans le vide, je réponds:

—J'ai mal partout…

Le petit monsieur fouille dans la poche de son veston. Il s'empare de son téléphone cellulaire en disant:

—Ne bouge pas! J'appelle une ambulance.

Au mot «ambulance», plusieurs de mes aventures et toutes sortes de souvenirs douloureux me reviennent en mémoire. Même si j'ai mal partout, je me relève d'un bond, comme une sauterelle. Puis, encore un peu étourdie par ma chute, je dis:

—Merci, monsieur, ce ne sera pas nécessaire! Tout va bien!

Mélinda ajoute:

—Tout va très bien, monsieur… Noémie a touché une baguette magique et depuis ce temps, elle est envahie par toutes sortes d'animaux dont le dernier était un singe. Voilà!

Juste au moment où j'ouvre la bouche pour expliquer la situation, un chien aboie, quelque part derrière une clôture. C'est incroyable, on dirait que c'est moi qui aboie. Mélinda dit au monsieur:

—Vous voyez? Là, c'est comme s'il y avait un chien dedans elle!

J'ouvre encore la bouche et, tout à coup, un chat miaule en frôlant mes chevilles. Mon amie commente encore:

—Vous voyez? Là, c'est un chat!

J'ouvre encore la bouche. Des oiseaux se chamaillent dans l'arbuste d'à côté. On dirait que leurs piaillements sortent directement de ma gorge.

— Vous entendez? Là, ce sont des oiseaux!

Le petit monsieur se gratte la nuque, puis, l'air inquiet, il regarde à gauche et à droite en demandant:

— Où est cachée la caméra?

— Quelle caméra? répond Mélinda.

— Allez! Ne me faites pas marcher plus longtemps. Où est la caméra cachée?

Moi, je n'en peux plus. Je dis avec ma vraie voix, qui sort de moi et que je reconnais parfaitement:

— Il n'y a pas de caméra cachée. Nous ne sommes pas

dans une émission de télévision. Nous sommes dans la vraie vie de tous les jours… et j'ai mal partout!

Le petit monsieur s'éloigne en disant:

—Les enfants d'aujourd'hui, ils regardent trop la télévision!

Mélinda et moi, nous ne répondons rien. Il ne faut pas parler à des inconnus…

En regardant le petit monsieur s'éloigner, je dis à Mélinda:

—Vite! Il faut faire quelque chose avant que d'autres malheurs n'arrivent!

-4-
La sorcière

Même si tous les muscles de mon corps me font souffrir, je prends la main de mon amie et je l'entraîne en courant.

Afin d'éviter que d'autres personnes ne soient victimes de cette foutue baguette magique, Mélinda et moi retournons à l'endroit exact où nous l'avons trouvée. Nous avons beau chercher partout sur le trottoir, sous les automobiles stationnées, derrière les bosquets, nous ne voyons rien. Absolument rien. Mélinda me demande :

—Est-ce qu'une baguette magique peut disparaître toute seule ?

—Non, je ne crois pas… Il faut que quelqu'un la fasse disparaître.

—Qui ça, quelqu'un ?

Elle m'énerve, Mélinda, avec toutes ses questions que je me pose moi-même ! Soudain, j'aperçois, au loin, de l'autre côté de la rue, un gars qui semble jouer avec une baguette. Je réponds fièrement :

—Quelqu'un comme Jérôme Landry-Trudel !

Nous courons vers Jérôme, mais à mesure que nous nous approchons, je constate ma méprise. Jérôme s'amuse avec une petit branche comme s'il s'agissait d'une épée.

Nous rebroussons chemin en cherchant toujours la foutue baguette. Il y a un attroupement au coin de la rue et nous entendons, de loin, des «HO!» et des «HA!» comme si quelqu'un faisait des tours de magie. Mélinda et moi nous nous frayons un chemin à travers la petite foule pour découvrir, finalement, un grand gars de sixième année qui fait une démonstration de yoyo!

Moi, je suis découragée. Mélinda, elle, est soulagée:

—Cette baguette a disparu! Et c'est tant mieux! Nous allons

pouvoir rentrer tranquillement à la maison...

Encore plus découragée par son attitude, je réponds :

— Mais voyons donc, Mélinda. Imagine ce qui pourrait arriver si cette baguette tombait dans les mains d'un tout jeune enfant...

— Noémie, je préfère ne rien imaginer !

— Imagine si la baguette tombait dans les mains d'un méchant, d'un voleur de banque, d'un pas gentil ! Imagine tous les ravages que cela causerait si...

Mélinda lève les yeux au ciel en signe d'impatience. Puis, la tête levée, elle fronce les sourcils et me dit, comme si elle était hypnotisée par quelque chose :

—Noémie, retourne-toi et regarde dans l'arbre!

Je me retourne et regarde l'érable qui surplombe le trottoir. Incroyable! J'aperçois la baguette magique appuyée sur une grosse branche.

—Comment est-elle montée là-haut? demande Mélinda.

—Je ne sais pas, mais cette fois-ci, il n'y a plus de doute.

C'est une véritable, authentique, incontestable, surprenante, vraie baguette magique!

Mélinda murmure, la tête toujours levée:

— Oui, mais à qui peut-elle appartenir?

Pendant quelques secondes, nous fixons la baguette qui semble tenir sur la branche comme par miracle. Mélinda et moi, nous ne disons rien, ce qui veut dire que nous réfléchissons. Si nous étions capables de connecter nos deux cerveaux ensemble, je suis certaine qu'il y aurait assez d'énergie pour allumer toutes les étoiles de la Voie lactée. Moi, en tous les cas, je réfléchis et je ne trouve aucune réponse intelligente. Même chose pour Mélinda, puisqu'elle ne dit pas un mot…

Soudain, une succession de bruits nous tire de notre réflexion. Nous entendons de curieux petits « Scratch… Scratch… »

Nous baissons les yeux. Une vieille dame époussette le trottoir avec un balai qui ressemble à ceux que l'on voit dans les films de sorcières… Et cette vieille dame porte un long manteau noir, semblable à ceux que l'on voit dans les livres de sorcières. En plus, elle porte un curieux chapeau qui pourrait ressembler à celui d'une… sorcière.

Il n'y a pas de doute, Mélinda et moi sommes en présence d'une véritable sorcière! J'ai tellement peur que je voudrais disparaître. En tremblant, Mélinda glisse sa main dans la mienne. Je sens son cœur battre dans ma paume.

Nous reculons un peu et nous nous dissimulons derrière un petit buisson. Mine de rien, la sorcière continue de balayer le trottoir. Elle projette des feuilles mortes et de la poussière sur le bord de la rue. Moi, j'essaie de ne rien imaginer, mais il me semble que cette poussière ressemble à de la poudre de perlimpinpin… D'ailleurs, en balayant, on dirait que la vieille dame parle tout bas. Je vois ses lèvres qui semblent balbutier des formules magiques : «Abracadabra… Abracadabra». Tous les poils de mon corps se hérissent comme ceux d'un hérisson. Si ça continue comme ça, je vais devenir, à moi toute

seule, un véritable jardin zoologique!

Je chuchote à Mélinda:

—Comprends-tu ce qu'elle
marmonne, la sorcière?

Mélinda, complètement hypnotisée, me fait un signe négatif de la tête. Puis elle me donne un coup de coude pour me montrer quelque chose sur le côté. J'aperçois un chat, un très beau chat noir, qui s'approche en miaulant. Le chat vient se frotter contre mes chevilles. Pendant ce temps, la sorcière retire un grand sac de l'une de ses poches. Je suis certaine que cette sorcière enferme des chats, ou des enfants, dans ces grands sacs. Je suis certaine qu'elle emporte ses victimes dans le grenier de sa maison et je suis certaine que…

Je n'ai pas le temps de réfléchir au sort des malheureuses victimes. Soudainement, la sorcière se penche pour ramasser les feuilles mortes et toute la poussière qui traînait. Elle se relève ensuite, et regarde à gauche et à droite comme si elle cherchait quelque chose. Elle abandonne son gros sac sur le trottoir et, armée de son balai magique, elle s'approche du buisson derrière lequel je suis cachée avec mon amie. J'ai tellement peur que j'ai l'impression de vivre un cauchemar en plein soleil. Mon corps endolori refuse de se sauver. Mélinda tremble à mes côtés. Elle claque des dents. Et, pendant que nous sommes complètement angoissées, le chat noir miaule et ronronne à mes pieds comme s'il vivait le plus beau moment de toute sa vie.

La vieille dame s'approche en appelant:

—Noireau… Viens ici, mon beau Noireau!

Mais le chat n'obéit pas du tout. Au contraire! Il ne cesse de se lover autour de mes chevilles. C'est un chat indicateur de victimes!!! Il fait le gros dos en ronronnant et moi, mon cœur bat à l'épouvante. En répétant ses appels, la sorcière commence à fouiller dans le buisson qui nous dissimule. Pour la troisième fois aujourd'hui, je voudrais disparaître, me retrouver plus loin que la dernière galaxie, mais je n'ai même pas le temps de reculer. La sorcière arrive, je vois sa grande main osseuse qui pousse une branche juste devant moi.

-5-
Le pas gentil
Jean-François

La sorcière sursaute en nous apercevant. Puis, d'une voix douce, elle murmure sur le ton de la confidence :

—FIOU! Les enfants, vous m'avez fait une de ces peurs!

Mélinda et moi, blotties l'une contre l'autre, nous fixons la sorcière qui, finalement, ressemble à une dame très ordinaire. Et cette dame très ordinaire nous regarde maintenant avec un grand sourire. Elle s'approche encore un peu, aperçoit son chat et le cueille d'une seule main.

Elle l'embrasse en répétant :
«Mon beau p'tit Noireau… Mon
beau p'tit Noireau…». Puis, elle
fouille dans la poche de son
grand manteau, en sort deux
bonbons emballés dans du
papier doré et nous les offre
avec tellement de bonté dans le
regard que Mélinda et moi, nous
oublions toutes les consignes de
prudence. Nous ne pouvons
faire autrement que de tendre
nos mains tremblantes.

La vieille dame s'éloigne avec
son chat pendant que nous
regardons l'emballage des bonbons briller dans le creux de
nos paumes. Lorsque nous rele-
vons la tête, la vieille dame
monte un escalier, puis disparaît
derrière une porte.

CLAC! Elle n'est plus là. Il n'y a plus rien.

Je n'en reviens pas. Quelques secondes passent au ralenti, ou en accéléré. Je ne sais pas. Je ne sais plus. Je suis perdue dans mes pensées. En déposant le bonbon dans la poche de mon pantalon, j'essaie de récapituler les événements. J'essaie d'avoir une vision nette, précise et réaliste de tout ce qui vient de se produire. Et, pendant que je réfléchis, je regarde dans l'arbre.

Mon sang ne fait qu'un tour.

La baguette magique n'est plus sur la grosse branche.

Maintenant rendue deux mètres plus bas, elle tient en équilibre précaire entre deux branches qui forment un «Y».

Mélinda vient de sortir de sa torpeur et remarque la même chose que moi. Elle s'exclame :

—C'est incroyable ! Noémie, regarde ! La baguette a changé de pla...

Nous n'avons même pas le temps de nous demander comment la baguette a pu changer de place. Un événement inattendu nous donne immédiatement la réponse. Un écureuil s'approche de la baguette et tente de s'en emparer avec ses petites pattes de devant. Puis, un autre écureuil arrive en sautant de branche en branche. Les deux rongeurs se chamaillent pour savoir lequel des deux emportera cette foutue baguette. Ils lancent de petits cris et, pendant ce temps, la baguette, à force de recevoir des coups de pattes, finit par glisser et par tomber dans le vide.

Encore cachées derrière le buisson, Mélinda et moi regardons la baguette tournoyer sur elle-même. Puis, PLOC! elle se plante entre deux racines de l'arbre. Je n'ai même pas le temps de réagir : un de mes compagnons de classe, le très beau et très gentil Jean-François Ming-Larivière, passe tout près de l'arbre. Il aperçoit la baguette plantée entre les racines et avant même que j'ouvre la bouche pour lui crier de faire attention, il se penche et la retire.

Nous quittons notre cachette et nous nous précipitons vers Jean-François Ming-Larivière en lui criant :

— Attention! Attention, Jean-François!

—Attention à quoi?

—Attention, cette baguette est très magique et très maléfique, lance Mélinda.

—Ah oui? Comment ça?

—À cause d'elle, Noémie est habitée par toutes sortes d'animaux!

Jean-François me regarde de la tête aux pieds. Sous l'emprise de cette foutue baguette, ses yeux se transforment peu à peu. Ils deviennent tout pleins de méchanceté, comme ceux des hyènes. Et, comme s'il avait maintenant une langue de serpent, il me lance cette phrase qui ne semble même pas sortir de sa bouche tellement elle est méchante:

—Noémie, mais ça fait longtemps qu'elle s'est transformée en mouton… noir!

Je ne peux m'empêcher de répondre :

—Tu vois ? Tu commences déjà à te transformer !

—De toute façon, je ne crois pas à la magie, réplique Jean-François, qui se retourne pour s'éloigner.

En le suivant, je dis :

—Tu ne peux pas l'emporter !

—Ah non ? Et pourquoi donc ?

—Parce que cette baguette est à moi !

Jean-François examine la baguette :

—Ah oui ? Ton nom n'est pas écrit dessus !

—Heu !.. Mais on n'écrit jamais son nom sur une baguette magique, voyons donc… Tout le monde sait ça !

— Ce que l'on trouve nous appartient, conclut Jean-François sans m'écouter.

Moi, j'en ai assez. Je n'ai pas l'intention de m'obstiner jusqu'à demain matin. Pour tenter de le convaincre, je dis :

— Si tu gardes cette baguette, tu vas te transformer en toutes sortes d'animaux dégoûtants comme un ver de terre, un cloporte, une araignée !

Jean-François éclate de rire :

— Ha ! Ha ! Ha ! Regarde-moi bien, je suis en train de me transformer en… en cheval de course.

Et là, sans aucun avertissement, Jean-François prend ses jambes à son cou et commence à courir en hurlant :

— Si vous la voulez, votre baguette, eh bien, venez la chercher !

Sans même réfléchir, comme si une bombe explosait dans mes veines, je commence à poursuivre Jean-François. Je deviens un guépard doublé d'une panthère, doublée d'une gazelle, doublée d'un aigle qui fond sur sa proie. Je sais très bien qu'on ne peut pas être doublé quatre fois, mais ça veut juste dire que je cours extrêmement vite et même plus que ça!

Jean-François, qui se retourne fréquemment, comprend que je suis en train de le rattraper. Rendue à sa hauteur et pas essoufflée du tout, je lui touche l'épaule en disant:

—Allez! Redeviens le gentil Jean-François et donne-moi ma baguette!

Jean-François cesse de courir d'un coup sec. Et moi, emportée par mon élan, je n'ai pas le temps de m'arrêter. PAF! Je me frappe sur un gros conteneur de métal placé sur le bord du trottoir. OUTCH! Je vois des étoiles. Des galaxies complètes tournent dans ma tête. Encore une fois, je tombe par terre et je ne bouge plus.

-6-

SPLOUCH... BLOAK... SPLOUCH...

Assise sur le trottoir, je tente de me relever, mais j'en suis incapable. J'ai mal au front, aux joues, au menton et chacun de mes cheveux me fait souffrir.

Jean-François, soudainement redevenu gentil, me demande:

— Ça va, Noémie?

Mélinda s'approche, tout essoufflée:

— Ça va, Noémie?

Elle se penche vers moi, puis elle recule comme si elle venait de voir apparaître un monstre:

— Noémie, ta figure ressemble à une carapace de tortue!

Je touche mon front et AOUTCH! Que ça fait mal! J'ai l'impression d'avoir la tête plus grosse que celle d'un éléphant... et d'avoir la peau du visage semblable à celle d'un crocodile, avec tout plein de petites bosses un peu partout.

Complètement exaspérée par cette situation, je me mets debout de peine et de misère, puis je me lance sur Jean-François pour m'emparer de cette foutue baguette. Mais, dans un geste réflexe, il lève le bras. La baguette quitte sa main, tournoie dans les airs et disparaît quelque part au-dessus du conteneur. Je ne peux m'empêcher de demander:

—Jean-François! Pourquoi as-tu fait ça?

Il me répond par une grimace de gorille, puis il se sauve à toutes jambes. Je le regarde s'éloigner... Sans bouger, comme un grand héron fixé sur ses pattes, je dis à Mélinda :

—Allons-y !

—Allons-y, où ?

—Allons chercher la baguette dans le conteneur !

—Noémie, es-tu folle ? Moi, je ne monte pas là-dedans, c'est sale et ça pue !

—Mais voyons donc, Mélinda ! Nous n'avons pas le choix !

—Je ne monte pas là-dedans, un point c'est tout !

Bon, moi, j'en ai assez de tout ce tralala. Malgré mes douleurs, je monte sur une petite poubelle, puis je grimpe l'échelle de métal placée sur le côté du conteneur. Je me retrouve en haut et, mon Dieu Seigneur, comme dirait ma grand-mère, c'est vrai que ça pue. L'odeur est épouvantable. Le conteneur est rempli de déchets. En me bouchant le nez, je cherche la baguette des yeux… Je la vois à l'autre bout. Elle est plantée sur un tas de cochonneries et elle me nargue exactement comme si elle me disait: «Allez, Noémie, viens me chercher si tu en as le courage!»

En hésitant, pendant que Mélinda, en bas, me répète: «Noémie! Reviens, Noémie!», je fais un premier pas dans les immondices. Mes pieds s'enfoncent dans quelque chose de gluant, quelque chose qui fait SPLOUCH... BLOAK... SPLOUCH... Toujours en me bouchant le

nez avec ma main droite, je fais
un autre pas dans cette masse
gluante et visqueuse, SPLOUCH…
BLOAK… SPLOUCH… puis un
troisième pas, SPLOUCH…
BLOAK… SPLOUCH… Rendue en
plein milieu de cette mer de

déchets, tout à coup, mon pied gauche s'enfonce jusqu'à la cheville. SPLOUCH! Je perds l'équilibre et, au ralenti, comme dans les films, je tombe sur le dos. Mais je ne me fais pas mal, parce que je m'enfonce un peu dans cette masse gélatineuse et puante. J'entends la voix de Mélinda qui s'inquiète:

— Noémie, qu'est-ce que tu fais? Pourquoi tu ne me parles pas?

Je n'ai pas le temps de répondre à Mélinda, qui m'énerve avec ses questions. En vitesse, j'essaie de me retourner. Mon coude s'enfonce, puis mon bras aussi et, oh horreur! je tombe en pleine face dans les immondices. POUACH! Mes lèvres sont pleines de petites choses gluantes. Je crache et je recrache encore et encore. Je n'ose même pas m'essuyer la bouche avec mes mains tellement elles sont sales.

—Noémie, qu'est-ce qui se passe?

Les larmes aux yeux, je fais plusieurs tentatives pour me remettre à quatre pattes, mais il y a toujours un coude, une main, un pied ou un genou qui s'enfonce et qui me fait basculer sur le côté ou sur le dos. J'ai l'impression que je ne m'en sortirai jamais. J'ai l'impression que je vais passer le reste de ma vie à me tourner et à me retourner dans cet océan de détritus.

—Noémie? Qu'est-ce que tu manigances?

Finalement, après de nombreux efforts, je réussis à me mettre à genoux. Je me regarde et je me mets à pleurer. Je suis couverte de boue. D'innombrables petits morceaux de déchets se sont collés à mes cheveux, à mon T-shirt, à mes pantalons. Je pue tellement que j'ai le goût de vomir. Pour la quatrième fois aujourd'hui, j'aimerais me retrouver ailleurs, n'importe où... même chez mon pire ennemi. Mais je suis encore et toujours prisonnière de mon corps, qui pue comme ça ne se peut pas. On dirait que je me suis fait arroser par dix mille mouffettes! Je ressemble à un cochon qui se vautre dans la fange, à un ver de terre qui se tortille dans la boue.

—Noémie? Noémie? Es-tu toujours vivante?

Pour ne plus rien sentir, je voudrais bien me transformer en poisson, avec des branchies.

Ou en mollusque, ou en... Mais je reste toujours cette bonne vieille Noémie... Et cette bonne vieille Noémie essaie tant bien que mal de trouver une solution à son problème... Je réfléchis une seconde, deux secondes, trois secondes... Et tout à coup, BING! En regardant autour, je comprends que la solution vient justement de tous ces détritus qui peuvent être «dédétritusisés». Je sais bien que le verbe «dédétritusiser» n'existe pas, mais ça me fait quand même plaisir de penser que je vais «extra-dédétritusiser» quelques détritus.

—Noémie? Noémie, qu'est-ce que tu fais? Je ne t'entends plus!

Elle m'énerve de plus en plus, Mélinda. Pour qu'elle cesse de me harceler avec toutes ses questions, je lui crie à tue-tête :

—JE VAIS EXTRA-DÉDÉTRITUSISER DES DÉTRITUS !!!

— Tu vas faire quoi ?

—LAISSE FAIRE ! JE T'EXPLIQUERAI PLUS TARD !!!

Je cherche dans les cochonneries accumulées, puis je finis par trouver quelque chose d'intéressant : un vieux bout de tissu caché dans un sac de plastique… un vieux bout de tissu qui n'est pas trop sale et qui ne pue pas trop ! Je le plie en triangle pour m'en faire un masque comme celui des cow-boys. J'attache les pointes derrière ma tête et je recouvre mon nez pour ne plus sentir les odeurs épouvantables. Je prends une grande respiration pour vérifier.

POUACH! POUACH! et RE-POUACH! Je respire encore les odeurs, mais… mais au bout de quelques secondes, on dirait qu'elles sont un peu moins… intenses.

Le nez ainsi recouvert, je fouille parmi les détritus pour en «dédétritusiser» quelques autres. Je fouille, je fouille, puis je découvre enfin des choses qui peuvent me sauver la vie. Je rentre ma main gauche dans une boîte de céréales, ensuite je glisse ma main droite dans une vieille enveloppe matelas-sée. Le cœur battant, je fais un premier test. Ça fonctionne! Les mains recouvertes, je marche à quatre pattes sans toucher toutes les ordures et sans m'en-foncer!

Lentement, SPLOUCH...
BLOAK... SPLOUCH... à petits
pas, SPLOUCH... BLOAK...
SPLOUCH... en retenant mon
souffle, SPLOUCH... BLOAK...
SPLOUCH... pour ne pas trop
respirer les odeurs, SPLOUCH...
BLOAK... SPLOUCH... j'avance,
SPLOUCH... BLOAK...
SPLOUCH... lentement,
SPLOUCH... BLOAK...
SPLOUCH... vers la baguette,
SPLOUCH... BLOAK...
SPLOUCH... plantée à l'autre
bout du conteneur, SPLOUCH...
BLOAK... SPLOUCH...

—Noémie! Qu'est-ce que tu
fais? C'est quoi, tous ces bruits
bizarres?

Mélinda, elle m'énerve! Elle
m'énerve de plus en plus!

SPLOUCH... BLOAK...
SPLOUCH... Une fois rendue

devant cette foutue baguette que je commence à détester au plus haut point, je fouille encore dans les détritus pour en «super-dédétritusiser» un autre. Je trouve un morceau de papier d'aluminium. J'entoure la baguette de ce papier pour la retirer du tas de déchets puis, en la tenant d'une main, je fais le trajet inverse. SPLOUCH... BLOAK... SPLOUCH... et SPLOUCH... BLOAK... SPLOUCH... Je m'avance sans problème jusqu'au milieu du conteneur et je réussis finalement à me rendre à mon point de départ. Je suis devenue une véritable championne pour marcher à quatre pattes dans les ordures!

Lorsque j'émerge du conteneur, les yeux de Mélinda deviennent aussi écarquillés que ceux d'un hibou. Elle recule de quelques pas puis, énervée comme une pie, elle s'écrie :

— Noémie ! Tu t'es transformée en cow-boy de dépotoir ! On dirait que tu as été attaquée par une horde de zombies des poubelles ! Tu es toute sale et toute dégueulasse !

— Très drôle, Mélinda ! Très drôle !

En vitesse, je me débarrasse du tissu qui recouvrait mon nez, de la boîte de céréales et de l'enveloppe matelassée. Je descends un à un les échelons de métal et je saute sur le trottoir en tenant fièrement la baguette dans son enveloppe d'aluminium. Tout ce que Mélinda trouve à me dire, c'est :

— Noémie, ne t'approche pas de moi ! Tu es sale et tu pues,

c'est épouvantable, on dirait que tu t'es transformée en mouffette!

En effet, je n'ai jamais autant pué de toute ma vie. Je suis aussi sale qu'un cochon qui vient de se rouler dans la boue. Les piétons font un grand détour en m'apercevant. Ils se bouchent le nez! Une gentille dame, en me voyant dans ce piteux état, ouvre même son sac à main pour m'offrir un peu de monnaie, que je refuse en répétant:

— Non! Non! Merci! Tout va bien! C'est le plus beau moment de toute ma vie!

— Bon! Si tout va bien, qu'est-ce qu'on fait, maintenant? demande Mélinda.

Là, je l'avoue, je ne sais que faire de cette foutue baguette. Je ne veux pas l'abandonner, je ne veux pas l'emporter avec moi et je ne veux surtout pas qu'elle cause du tort à d'autres…

Je réfléchis… et il ne me vient aucune idée.

On dirait… On dirait que ma vie n'a plus de sens… J'ai mal aux mains, aux bras, aux jambes, au front, partout… Et en plus d'avoir mal au corps, j'ai mal à mon orgueil. Complètement découragée, je soupire :

—J'ai raté mon exposé oral ! Et là, je suis en train de devenir une grosse plaie vivante, sale et puante.

Encore plus découragée que découragée, c'est à dire extra-double-jumbo-super-sur-découragée, j'ajoute, les larmes aux yeux :

—Cette foutue baguette va finir par me rendre complètement folle ! J'en ai assez ! J'en ai assez !

Et à ce moment, en regardant la baguette, il me semble que mes yeux deviennent rouges comme du feu. Il me semble que mon sang bout dans mes veines. Tout mon corps commence à trembler. Mes mains vibrent tellement que je vois deux baguettes, trois baguettes, quatre baguettes, puis une infinité de baguettes... J'entends soudainement la voix de Mélinda s'écrier :

—Noémie ! Calme-toi ! Calme-toi, Noémie !

—Non ! Je n'ai pas le goût de me calmer ! Je vais... Je vais...

-7-

L'événement inattendu

Je suis tellement exaspérée par cette situation abracadabrante que je décide de jouer le tout pour le tout. Ce sera quitte ou double. Je vais en finir. D'un coup sec, je retire le papier d'aluminium qui recouvre la baguette. Je la serre très fort dans mes paumes en hurlant :

— Bon ! Allez ! Vas-y ! Fais-la, ta foutue magie, qu'on en finisse une fois pour toutes ! J'en ai par-dessus la tête de cette histoire !

Comme il ne se passe absolument rien de rien, je vocifère :

—Allez ! Allez ! Transforme-moi en ce que tu voudras ! Ça ne peut pas être pire que tout ce qui vient de m'arriver !

Comme il ne se passe vraiment rien de rien, j'ajoute :

—Moi, je vais en faire de la magie avec toi ! Je vais te broyer en morceaux si petits que tu deviendras de la poussière ! Je vais te faire bouillir et tu deviendras aussi molle qu'une grosse nouille trop cuite !

Encouragée par le fait qu'il ne se passe vraiment rien, je continue de plus belle :

—Ah bon ! Madame la baguette n'est plus magique ! Madame me cause toutes les misères du monde et puis madame…

Soudain, il se produit un événement que je n'aurais jamais pu imaginer. Pendant que j'engueule la baguette, j'entends une voiture qui freine derrière moi. Les pneus hurlent sur l'asphalte. Tout à coup, ça sent le caoutchouc chauffé. Hé… Hé… Hé… Comme j'ai vu beaucoup de films à la télévision, je sais très bien ce qui se passe : c'est le propriétaire de la baguette qui vient la chercher ! Pendant quelques secondes, j'imagine un grand magicien sortir d'une automobile flamboyante et m'offrir un million de dollars pour récupérer sa baguette… Alors je me retourne d'un coup sec en criant :

— Votre foutue baguette, je vous la donne gratuitem…

Et là, je manque de tomber sans connaissance. Devant moi, stationnée de travers dans la rue, il y a une voiture de police. La sirène est muette mais les gyrophares tournent à toute vitesse! Derrière le pare-brise, un policier ajuste sa casquette. Il n'a même pas le temps de descendre de la voiture. La porte arrière s'ouvre d'un coup sec et j'aperçois… non, c'est impossible! J'aperçois… mais c'est incroyable! Je frotte mes yeux pour être sûre que je ne rêve pas! Non, je ne rêve pas! Je vois… je vois ma belle grand-maman Lumbago, les bras au ciel, qui se précipite vers moi en criant:

—Mon Dieu Seigneur! C'est elle! Oui, c'est Noémie!

Ma grand-maman s'approche, les yeux rougis par les larmes. Elle me prend et me soulève en pleurnichant :

—Snif… Noémie, on te cherchait partout. Sais-tu quelle heure il est?

Je jette un coup d'œil à ma montre. Il est presque 18 heures. Oups! À cause de cette foutue baguette, j'ai complètement oublié de rentrer à la maison.

Devant une Mélinda figée comme un grand héron et muette comme une carpe, grand-maman me dépose par terre :

—Mais Noémie, pourquoi es-tu si sale? Pourquoi sens-tu aussi mauvais? Pourquoi as-tu des bosses sur le front, les joues et les bras éraflés?

—Heu!... Je...

Le policier s'approche, puis sursaute devant la réaction de grand-maman : sans aucun avertissement, et sans même avoir touché la baguette, ma grand-mère se transforme soudainement en quelqu'un d'autre. Elle devient rouge comme une tomate. Ses petits yeux doux deviennent plus féroces que ceux d'un fauve. Elle regarde à gauche et à droite puis, d'un air menaçant, elle brandit son sac à main en criant :

—Où se cache le méchant qui t'a maltraitée de la sorte ?

—Heu!...

Ne voyant aucun méchant à l'horizon, ma grand-mère se penche vers moi et me demande, en se bouchant le nez pour ne pas sentir les odeurs nauséabondes :

—Noémie, l'as-tu bien vu? Pourrais-tu nous le décrire?

Je suis tellement surprise par ce revirement de situation et par cette réaction imprévisible que j'en tremble de partout. Ma peau frissonne, mon cœur bat à l'épouvante. Mais je ne suis pas encore au bout de mes surprises. Une deuxième auto-patrouille surgit au coin de la rue. Elle accélère en faisant gronder son moteur, puis elle freine devant nous en pivotant. Encore une fois, avant que le conducteur n'ait le temps de mettre un pied dehors, la portière arrière s'ouvre. Ma mère, complètement échevelée, sort de la voiture et fonce sur moi comme un boulet de canon :

— Noémie ! Ma petite Noémie, mon enfant ! Mon trésor ! Que fais-tu là ? Pourquoi n'es-tu pas rentrée à la maison ? Qui t'a battue ?

Puis elle recule, elle aussi, en s'exclamant :

— Mais tu pues, c'est épouvantable !

Je n'ai pas le temps d'expliquer la situation. Une troisième auto-patrouille apparaît à l'autre coin de rue. En accélérant dans le sens inverse du trafic, elle vient vers nous et s'immobilise à notre hauteur en soulevant un nuage de poussière. Cette fois, c'est mon père qui en descend, la cravate dénouée, les cheveux

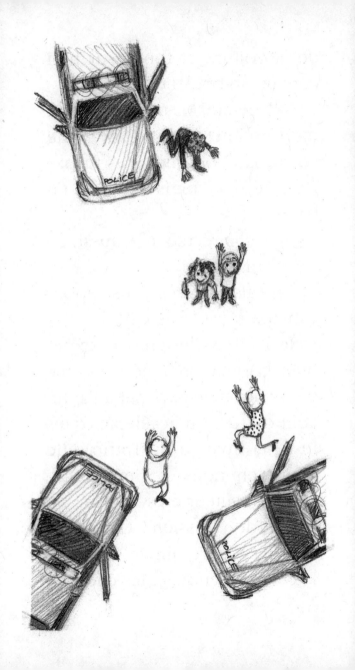

hirsutes. Il se lance sur moi, et me soulève en disant :

—Noémie ! Noémie ! Est-ce que ça va ? Qui t'a fait ça ? Où sont-ils ?

Il me dépose par terre en demandant :

—Mais qu'est-ce que tu sens ?

Moi, je suis tellement émue et tellement surprise qu'aucun mot ne veut sortir de ma bouche. J'éclate en sanglots. Entre deux pleurs, j'entends Mélinda résumer la situation. Elle dit, comme une véritable pie :

—Noémie a trouvé une baguette magique et depuis, elle est envahie par toutes sortes d'animaux : des gazelles, des chiens, des chats, des oiseaux, des chimpanzés, des cochons, des mouffettes et maintenant, un crocodile.

—Comment ça, un crocodile? s'exclament d'une même voix mon père, ma mère, ma grand-mère et les trois policiers.

—Présentement, Noémie pleure des larmes de crocodile. Il me semble que ce n'est pas difficile à comprendre!

Je pleure, c'est vrai, mais ce ne sont pas des larmes de crocodile. Ce sont de vraies larmes qui dégouttent directement sur le trottoir parce que personne ne veut me prendre dans ses bras pour me consoler. Grand-maman se penche vers moi en se couvrant le nez d'un mouchoir :

—Tout va bien, Noémie, c'est terminé...

Mes parents s'engouffrent dans une auto-patrouille. Ils discutent avec les policiers. Ils signent des papiers, puis ils ressortent de la voiture en disant : « Merci beaucoup, merci beaucoup! Oui! Non, vous pouvez compter sur nous, ça ne se reproduira plus! »

Dans un nuage de poussière, les autos-patrouilles quittent

une à une les abords du trottoir. En une fraction de seconde, elles disparaissent comme par magie. Mes parents, grand-maman, Mélinda et moi, nous restons plantés sur le trottoir, immobiles comme des statues... Puis Mélinda brise le silence:

— Bon, je rentre chez moi... Sinon, mes parents vont venir me chercher en voiture de police!

En s'éloignant, elle se retourne pour ajouter:

— Noémie! Tu devrais te débarrasser de cette chose!

Je ne réponds rien mais, concernant «cette chose», il me trotte déjà quelques petites idées dans la tête...

-8-

La vraie magie

Mon père se penche, me regarde dans les yeux et me demande en se bouchant le nez :

—Tout ça à cause de… de cette chose?

—C'est une baguette extrêmement magique et extrêmement dangereuse! Je dois m'en débarrasser le plus vite possible avant que d'autres drames arrivent!

Ma mère, toujours aussi sceptique, répond :

—Voyons donc, Noémie! Encore des histoires!

Papa s'empare de la baguette, et aussitôt qu'il la regarde, SPLOUCH! une mouette laisse tomber de la fiente grise et blanche sur ses cheveux. Soudain, nous entendons un gros BANG! derrière nous. Un livreur, en triporteur, crie:

—ATTENTION! Je viens d'avoir une crevaison!

Le vélo zigzague sur le trottoir. Nous nous lançons sur le côté pour éviter une collision. Immédiatement après cet événement, mon père, furieux, se transforme en joueur de baseball. Je veux dire qu'il prend la position de quelqu'un qui va lancer quelque chose très, très loin. Il lève une jambe et, de toutes ses forces, il lance la baguette. Nous la regardons

monter dans les airs en tour-
noyant. Elle frappe un fil électrique. Elle bifurque, puis elle
disparaît dans le feuillage d'un
arbre. En essuyant ses cheveux
avec un mouchoir de poche,
mon père soupire :

—Voilà! C'est terminé! Il n'y
a plus de problèmes!

Pauvre papa. Comme il est
naïf! Après seulement quatre
secondes et demie, la baguette
retombe sur le trottoir, juste
devant nous. Surpris, mon père
ne dit plus rien, mais je sens
qu'il est complètement enra-
gé. Ses lèvres bougent toutes
seules.

Pour éviter d'autres problèmes,
je me lance sur la baguette, la
ramasse et la glisse dans la
poche arrière de mon pantalon.

Puis, pour créer une diversion, je dis :

—Bon ! Moi, j'ai besoin de prendre un bon bain !

Tout le monde est d'accord là-dessus. Ensemble, comme un escadron, nous prenons le chemin de la maison. Je marche, coincée entre mon père et ma mère. Ils me tiennent les mains tellement fort que j'en ai mal

aux doigts. Grand-maman trot-
tine derrière nous en répétant :

— Mon Dieu Seigneur que ça
pue ! Que ça pue ! Que ça pue !

De retour à la maison, pour
ne pas qu'il arrive de malheurs,
je garde le contrôle total de la
baguette. Je la dépose sur le
bord du lavabo. Je me laisse
glisser dans un bain d'eau
chaude. Je me lave trois fois les
cheveux et quatre fois le corps.
Ensuite, ma mère soigne mes
ecchymoses et mes éraflures.
J'ai des sparadraps un peu partout. On dirait que je suis couverte de petits «X» roses.

Pendant le souper, devant la
baguette déposée sur la table,
je répète mille fois à mes parents

que, désormais, je rentrerai toujours de l'école sans faire de
détour :

—Je le jure… Je le jure… Je
le jure…

Puis, en compagnie de cette
foutue baguette qui ne me lâche
pas d'une semelle, je vais man-
ger mon dessert, en haut, chez
ma belle grand-maman d'amour.
En me voyant arriver avec mes
petits «X» roses, elle éclate de
rire :

—Hi! Hi! Hi! Et Ho! Ho!
Ho! Noémie, tu ressembles à
un bulletin de vote!

Moi, je ne ris pas du tout,
parce que j'ignore à quoi ressemble un bulletin de vote. Le
plus sérieusement du monde, je
dépose la baguette sur la table
de la cuisine, je mange un mor-

ceau de gâteau au chocolat, j'avale un verre de lait, puis je m'empare du gros bottin téléphonique... mais ce n'est pas pour le dévorer. C'est pour le consulter. Devant ma grand-mère qui continue de rigoler, Hi! Hi! Hi! Et Ho! Ho! Ho! je commence à tourner les pages.

Pendant que je cherche la rubrique «MAGIE», je vois, du coin de l'œil, grand-maman qui s'approche de la baguette.

—Grand-maman, puis-je vous donner un conseil?

—Mon Dieu Seigneur... oui...

—Vous ne devriez pas toucher à cette chose... elle porte malheur!

Comme si elle n'avait rien compris, et toujours en rigolant,

Hi! Hi! Hi! Et Ho! Ho! Ho! ma grand-mère s'empare de la baguette. Elle la pointe vers son petit serin, qui se met aussitôt à roucouler comme s'il se trouvait sur la plus grande scène du monde.

Grand-maman murmure en fronçant les sourcils :

— Mon Dieu Seigneur! Quel drôle de hasard…

— Grand-maman… Ce n'est pas un hasard.

Elle pointe la baguette vers l'horloge qui ne fonctionne plus parce qu'il faut changer les piles… Eh bien, devant nos yeux éberlués, la grande aiguille recommence à tourner.

— Heu !… mon Dieu Seigneur… quel… quel drôle de hasard!

—Grand-maman… Ce n'est pas un hasard.

Grand-maman pointe ensuite la baguette vers le chat. Moi, j'ai tellement peur qu'il se transforme en tyrannosaure ou en quelque chose d'autre que je m'élance vers ma grand-mère en disant :

—Non! Pas le chat!

Surprise par ma réaction, grand-maman lève le bras et, juste à ce moment, on entend un petit déclic qui provient de la baguette. À la vitesse de l'éclair, sans même que nous comprenions ce qui arrive, CLAC! la baguette se transforme en une rose… oui, oui, une belle rose toute rose.

Grand-maman est tellement étonnée qu'elle ouvre la main. La fleur tombe sur la table. Le

chat se sauve en courant. Le serin se tait... et la grande aiguille de l'horloge cesse de tourner.

En regardant la fleur, je ne peux m'empêcher de dire :

—WOW! Ça, c'est de la vraie magie!

Mais je ne suis pas au bout de mes surprises. Pour la deuxième fois aujourd'hui, je vois ma grand-mère se transformer. Elle enlève son tablier, puis elle fouille dans une armoire pour en ressortir une nappe.

—Grand-maman, que faites-vous?

Pour seule réponse, ma grand-maman se couvre de la nappe comme s'il s'agissait d'une grande cape. Ensuite, elle se rend dans sa chambre et en revient coiffée d'un étrange chapeau noir semblable à celui que portent les magiciens.

—Grand-maman, qu'est-ce qui vous prend? Arrêtez! Vous me faites peur…

En silence, elle lève la tête, me regarde et, avec un air très fier que je ne lui connaissais pas, elle s'empare de la rose. Dans un grand geste solennel, elle fait claquer ses doigts de la main gauche. Aussitôt, CLAC! La rose redevient une baguette magique!

Je suis sidérée, étonnée, abasourdie, stupéfiée, émerveillée, confondue, et autres synonymes jusqu'à la fin du monde... Il n'y a pas de mots pour expliquer mon étonnement. Je me laisse tomber sur une chaise pour ne pas... pour ne pas tomber sur le plancher. Après quelques secondes de silence, je réussis à balbutier:

—Mais, grand-maman... co... comment avez-vous fait?

Grand-maman ne répond pas. Elle grimpe sur un tabouret, amorce les mouvements d'une petite danse complètement ridicule, puis, dans un geste solennel, elle fait encore claquer ses doigts. CLAC! La baguette redevient une rose. Emportée par la frénésie de la magie, ma grand-mère, qui habituellement est une dame sérieuse et réservée, commence à se tortiller et à tourner sur elle-même en chantant:

— Donnez-moi des roses, mademoiselle... choisissez-les moi parmi les plus belles... Donnez-moi des roses, mademoiselle...

Ça y est, grand-maman est devenue folle. Elle quitte le tabouret, elle danse et elle chante en se promenant dans le

corridor. Elle va jusqu'à la porte de sa chambre, puis elle traverse le salon, puis elle revient dans la cuisine et s'arrête devant moi en disant :

—Mon Dieu Seigneur, cette baguette est vraiment magique. J'ai l'impression d'avoir rajeuni de quarante ans!

Moi, je regarde grand-maman et je ne remarque rien de différent. Ses joues sont un peu plus roses que d'habitude, c'est tout! Et puis soudain, il se passe quelque chose d'incroyable. Mon sang se glace dans mes veines. Ma propre grand-maman me fixe en fronçant les sourcils et me demande :

—Et toi, ma petite... qui es-tu?

Je suis tellement surprise que je ne réponds pas. Ma belle

grand-maman a tellement rajeuni qu'elle ne me reconnaît pas. Elle… Elle est rendue plus jeune qu'avant ma naissance!!! Au secours! Je n'en reviens pas!

En tenant cette foutue baguette magique, grand-maman me regarde de la tête aux pieds comme si j'étais une pure étrangère. Alors, pour la cinquième fois aujourd'hui, je voudrais disparaître dans une autre dimension. Et pour la cinquième fois aujourd'hui, je comprends que je ne peux me sauver nulle part. Alors, je deviens toute confuse. Mes idées se mélangent. J'essaie de me sauver à l'intérieur de moi-même, mais il n'y a plus rien à l'intérieur. Je suis disparue. Je me suis «déNoémisée» au grand complet… Je suis… je suis une enveloppe vide traversée par des courants d'air. Je ne suis plus rien. Et ce rien est assis devant ma grand-mère qui ne me reconnaît pas. C'est le pire cauchemar de toute ma vie. Je ne suis plus capable de respirer. Mon cœur cesse de battre !

-9-

CLAC! CLAC! CLAC!

Juste au moment où je vais m'évanouir, ma grand-maman éclate de rire en disant:

—Hi! Hi! Hi! Ma belle petite Noémie d'amour... Pourquoi es-tu si blanche?

J'éclate en sanglots:

—Snif... grand-maman... ne me faites plus jamais une blague comme celle-là! Snif... J'ai vraiment cru que vous ne me reconnaissiez pas! Snif...

Encore affublée de son chapeau et de sa cape, grand-maman

me console en me serrant dans ses bras :

—Mon Dieu Seigneur... Excuse-moi, ma petite Noémie! Je ne pensais pas que tout cela t'effraierait autant! Tu le sais bien, jamais... jamais je ne t'oublierai!

Je reste blottie dans les bras de grand-maman et tout à coup, la sonnerie du téléphone retentit dans toute la cuisine. Par réflexe, je dis :

— Ne répondez pas. Je suis certaine que c'est une mauvaise nouvelle !

Grand-maman ne répond pas. Elle continue de me cajoler, mais après seulement quelques secondes de silence, la sonnerie du téléphone retentit encore.

— S'il vous plaît, ne répondez pas ! J'ai eu assez d'émotions pour aujourd'hui.

Grand-maman soupire, mais elle ne répond pas. Je me blottis encore plus profondément dans le creux de ses bras et il me semble que je n'ai jamais été aussi heureuse que maintenant. Mon cœur ralentit sa course folle. Mes poumons, eux aussi, prennent un peu de repos et mes idées ralentissent, ralentissent, ralentissent... Mais, après seulement quelques secondes d'accalmie, BOUM! nous sursautons. La porte d'entrée s'ouvre d'un coup sec. Mon père et ma mère se précipitent dans le corridor en criant:

—Noémie? Grand-maman? Grand-maman? Noémie?

Mes parents surgissent dans la cuisine. En m'apercevant dans les bras de ma grand-mère déguisée en magicienne, ils s'arrêtent net. Mon père demande:

—Qu'est-ce que vous manigancez, encore? Pourquoi vous ne répondez pas au téléphone?

Et pour ajouter un peu de drame à cette journée qui n'en manquait pourtant pas, ma mère lance cette phrase qui me paralyse sur place :

— Noémie, la remplaçante, une certaine madame Gorgo... euh, Gozola... euh, Gonlazo... vient d'appeler en bas...

Je lève la tête et je dis, surprise :

— Quoi ? Madame Gorgonzola a téléphoné ?

— Oui ! Demain, tu dois reprendre ton exposé oral sur la magie... Il paraît que tu n'as pas été... très, très magique !

Grand-maman, toujours déguisée en magicienne, répond :

— Ne vous inquiétez pas. Je m'en occupe... personnellement !

-10-

Surprise dans la classe

Le lendemain matin, tel que promis à mes parents et à ma grand-mère, je me rends à l'école en courant. J'essaie de ne pas regarder tous les objets qui traînent sur le trottoir. Je m'engouffre dans la cour de l'école et là, je suis assaillie par une foule de curieux et curieuses qui me demandent pourquoi je suis couverte de petits «X» roses. Alors, je répète mille fois que je suis tombée d'un arbre et que je suis entrée en collision avec un conteneur de métal. Ensuite, lorsque la cloche sonne, je m'empresse de monter dans ma classe et de m'asseoir à mon bureau. Tous les élèves me regardent en rigolant, mais moi, je reste concentrée et je repense aux conseils que grand-maman m'a prodigués pendant toute la soirée d'hier.

Après nous avoir dit bonjour et nous avoir parlé de toutes sortes de sujets sans intérêt, madame Zolagor... dit de sa voix pointue :

—Bon, ce matin, nous allons continuer les exposés oraux...

Et là, exactement comme si elle le faisait exprès, elle invite un à un tous les élèves qui n'avaient pas encore eu le temps de parler. Finalement, après le dernier exposé, madame Gongor... dit enfin :

—Nous allons maintenant réécouter Noémie, qui... qui n'était pas dans son assiette, hier après-midi.

Presque tous les élèves de la classe en profitent pour rigoler. Hi... Hi... Hi... et Ho... Ho... Ho... Mais ça ne me fait presque rien parce que, ce matin, je suis vraiment bien préparée. Je quitte mon pupitre, je marche jusque devant la classe et je me retourne : cinquante-deux yeux me regardent et on dirait que ça ne me fait presque rien. Les mains dans le dos, en serrant très fort la baguette magique cachée sous mon T-shirt, j'explique à tout le monde pourquoi je suis couverte de sparadraps. Ensuite, je fais mon exposé oral exactement comme je l'ai répété hier soir, avec ma grand-maman. Je parle lentement. Je prends le temps de respirer. Je fais des pauses, et je bouge un peu pour ne pas avoir l'air d'un piquet de clôture. À mon grand étonnement, je vois de l'intérêt dans le regard des élèves qui me fixent.

Alors, très fière de moi, je fais quelques blagues au sujet de différents magiciens, puis je termine mon exposé sur ces mots :

— Et maintenant, mesdames et messieurs, je vais vous présenter un tour de magie vraiment extraordinaire !

En m'exclamant « TA-DAM ! », je lève le bras droit et je montre la baguette magique à toute la classe. En l'apercevant, Mélinda recule sur sa chaise en murmurant :

— Oh là, là… les problèmes commencent.

J'essaie de ne pas me laisser influencer par cette remarque négative. Je soulève la baguette au-dessus de ma tête, puis je la fais redescendre lentement à la hauteur de mes yeux en disant:

—Regardez bien, mesdames et messieurs, la vraie magie va opérer!

Après avoir prononcé la formule magique, «Abracadabra!», je fais claquer mes doigts de la main gauche en appuyant, en même temps, sur un petit bouton caché à la base de la baguette. CLAC! Devant les yeux ébahis de tous les élèves de la classe, la baguette se transforme en une belle rose... On m'applaudit! On s'exclame:

—OH!

—WOW!

—HEIN?

—C'est quoi le truc?

—J'en veux une! J'en veux une!

Une fois l'effet de surprise passé, je réclame le silence le plus complet. Je ferme les yeux et je fais semblant de me concentrer au maximum. Je fronce les sourcils, puis je fais encore claquer mes doigts. CLAC! La rose se retransforme en baguette. Toute la classe se lève et on m'applaudit à tout rompre. Je suis tellement exci-tée que, sans le vouloir, j'appuie sur le petit bouton caché dans la baguette. CLAC! Elle se re-transforme aussitôt en rose. Puis CLAC! Elle se re-retransforme tout de suite en baguette. Et encore CLAC! Elle re-redevient une rose. Je ne comprends pas ce qui arrive. On dirait que la baguette est complètement détraquée. Sans même que j'ap-puie sur le petit bouton, elle ne cesse de se transformer toute seule.

CLAC! Une baguette.

CLAC! Une rose.

CLAC! Une baguette.

CLAC! Une rose.

Je ne sais plus quoi faire. Toute la classe rigole! Hi... Hi... Hi... et Ho... Ho... Ho... Dans un mouvement désespéré, j'essaie de cacher la baguette dans mon dos, mais on entend toujours CLAC! CLAC! CLAC! Toute la classe me regarde en riant. Même madame Zogon... s'esclaffe de sa voix pointue.

Alors, je claque des doigts comme si je faisais exprès pour que la baguette se transforme. CLAC! CLAC! CLAC! Mais au bout de trente secondes, j'ai l'air complètement ridicule. Alors, voulant me débarrasser de ce

fichu problème, je place la baguette, puis la rose, puis la baguette devant mes yeux et je dis :

— Baguette ! Euh, rose ! Euh, baguette ! Euh, rose, disparaît immédiatement de ma vue…

D'un coup sec, je la lance dans la poubelle, mais là, c'est encore pire que pire. CLAC ! CLAC ! CLAC ! On dirait qu'elle se détraque encore plus. En se transformant, elle bondit au-dessus de la poubelle. Les élèves, ainsi que madame Gorzo…, croyant que je fais un numéro comique, s'esclaffent de plus belle. Ils sont pliés en deux, Hi ! Hi ! Hi ! et Ho ! Ho ! Ho ! Certains rient tellement qu'ils commencent à avoir le hoquet. Hic ! Hic ! Hic !

Alors, en cherchant comment terminer mon numéro, il me vient une idée complètement farfelue. Devant les yeux ahuris de tous les élèves, je répète :

—Baguette, disparaît immédiatement de ma vue !

D'un grand geste théâtral, je m'empare de la baguette-rose, puis je la lance par la fenêtre grande ouverte. Elle tournoie dans les airs en se transformant sans arrêt, puis elle disparaît.

Surprise générale.

On cesse de rire.

Silence total dans la classe.

On pourrait entendre une mouche voler. Et dans ce silence, nous entendons, tout à coup, une voix provenir de l'extérieur, et cette voix crie :

—Merci beaucoup !

-11-

Pour en finir
avec la magie

Toute la classe se précipite vers les fenêtres pour savoir qui a crié ce «Merci beaucoup!» Comme dans un rêve, j'aperçois sur le trottoir un magicien, un vrai magicien habillé en magicien: chapeau, redingote, gants blancs et, à ses pieds, une petite valise sur laquelle on peut lire: «Max le magicien».

En nous souriant, Max le magicien agite la baguette qui ne se transforme plus en rose. Elle ressemble maintenant à une

baguette ordinaire. Il soulève son chapeau et nous dit :

—Merci ! J'avais perdu ma précieuse baguette et je la cherchais depuis hier !

Max le magicien recouvre la baguette d'un mouchoir blanc. Il fait quelques mouvements à gauche et à droite, puis d'un coup sec, il retire le mouchoir. INCROYABLE MAIS VRAI ! La baguette est devenue une belle colombe toute blanche ! L'oiseau frotte ses ailes l'une contre l'autre et s'envole en tournant au-dessus du magicien. Bientôt, la colombe vient se poser sur son épaule. Devant cet incroyable spectacle, nous applaudissons à tout rompre.

Max le magicien soulève encore son chapeau et se penche en nous saluant. Il se relève, puis il fait claquer les doigts de sa main droite. Une petite carte blanche apparaît dans sa paume. D'un coup de poignet sec et précis, il la lance dans notre direction. La carte tournoie dans les airs, entre par la fenêtre et atterrit directement sur le bureau du professeur. Nous nous élançons vers le bureau. Sur la carte, je peux lire : « Max le magicien, spectacles et animations dans les écoles ».

—Il est venu, hier, dans la classe de ma grande sœur ! s'exclame Janice.

—Oui, et il a fait apparaître un lapin, ajoute Yoki.

Et moi, après avoir réfléchi deux secondes, je dis :

—Ensuite, en sortant de l'école, sa baguette a dû tomber

sur le trottoir et c'est moi qui l'ai trouvée.

Nous retournons à la fenêtre pour inviter le magicien dans notre classe, mais il s'est évaporé… comme… comme seul un vrai magicien peut le faire!

Dans l'agitation générale, nous entendons la voix pointue de madame Orzogor… ordonner:

—Bon! Tout le monde à son pupitre!

En rouspétant, nous reprenons nos places, mais nous sommes tellement excités que nous gigotons sur nos chaises. Alors, madame Lagongor… dit:

—Pour nous calmer un peu, nous allons prendre une feuille et écrire un petit texte… sur la magie.

Moi, je ne sais vraiment pas quoi écrire. Après quelques moments de réflexion, je prends mon crayon et je décide de dire la vérité, toute la vérité, rien que la vérité… J'écris que je ne suis plus capable d'entendre le mot «magie». J'écris que pour moi, la magie, c'est terminé. Ce n'est qu'une source de problèmes, une source de malheurs. J'écris que la magie m'a donné des égratignures, des bosses, des maux de tête. J'écris, en très grosses lettres, que je ne veux plus me transformer en gazelle, en chimpanzé… J'écris que je ne veux plus rien savoir ni des baguettes magiques, ni des chapeaux hauts-de-forme, ni des colombes. Et je termine mon texte en écrivant que je changerai de trottoir si je vois un magicien devant moi, que j'éteindrai le téléviseur si je vois un magicien à l'écran et que j'interromprai mon rêve si jamais je rêve à un magicien. Voilà ! Pour moi, la magie, c'est terminé, fini, réglé une fois pour toutes. Qu'on ne m'en parle plus jamais ! Jamais ! Jamais !

Je signe au bas de ma composition : *Noémie, qui ne veut plus jamais entendre parler de la magie. Un point c'est tout.*

Je donne ma feuille à madame Gongorlazo... puis je vérifie autour de moi, et il n'y a rien de magique.

J'en suis bien contente.

Les aiguilles de l'horloge tournent dans le bon sens. Dehors, les nuages ne ressemblent pas à des chapeaux ni à des lapins.

J'en suis doublement contente.

Je repense à toute cette aventure et tout à coup, je fouille dans la poche de mon pantalon. Je m'empare du bonbon que la sorcière m'a donné et... et... et je suis incapable de déplier le papier d'emballage. Mon bonbon s'est étrangement transformé en une petite boule toute collante! Je réfléchis et je trouve rapidement pourquoi: ma mère a lavé mes pantalons et elle a oublié de vérifier dans mes poches. Il n'y a rien de magique là-dedans.

J'en suis triplement contente.

Sans que personne s'en aperçoive, je lance le bonbon directement dans la poubelle. BLING! Voilà! La magie, c'est terminé! On n'en parle plus! On passe à autre chose.

J'en suis quadruplement contente.

Il ne se passe rien de magique pendant le reste de l'avant-midi, ni pendant l'heure du dîner, ni pendant l'après-midi. FIOU!

J'en suis quintuplement contente.

Lorsque la cloche sonne pour annoncer la fin des cours, je quitte la classe en vitesse et je me rends chez moi en courant. Tout heureuse que cette aventure soit terminée, je monte les marches de l'escalier, je saute sur le balcon, j'ouvre la porte et j'entre chez ma grand-maman d'amour en chocolat fondant. Je laisse tomber mon sac à dos dans le vestibule, je cours dans le corridor et, tout essoufflée, je m'arrête net à l'entrée de la cuisine. Grand-maman, les deux mains dans le dos, me regarde avec un grand sourire. En reprenant mon souffle, et en voyant dépasser un gros emballage cadeau, je demande:

— Grand-maman, qu'est-ce que vous cachez dans votre dos?

Toute fière d'elle, grand-maman me montre une boîte recouverte d'un beau papier multicolore.

— Un cadeau pour moi, grand-maman?

— Eh oui, juste pour toi!

En vitesse, je déchire l'emballage et, en apercevant le contenu de la boîte, mon cœur cesse de battre, mes poumons cessent de respirer. Le plafond et les murs de la cuisine deviennent en caoutchouc extra-mou. Je m'agrippe à une chaise pour ne pas tomber sur le plancher.

La boîte cadeau contient… un ensemble de magie!

Et toi, que ferais-tu si tu trouvais une baguette magique?

Voici la réponse de Noémie Turgeon, neuf ans, la gagnante d'un concours organisé sur le site Internet des amis de Noémie :

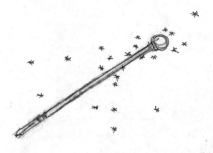

Si je trouvais une baguette magique, je réparerais tout ce qui a été brisé, comme la couche d'ozone et l'environnement.

Je protégerais toutes les gentilles personnes du monde. Les autres, je les expédierais sur une autre planète, dans une autre galaxie. Et tout le monde serait égal. Personne de riche, personne de pauvre. Et aussi, je m'arrangerais pour que toutes les sucreries du monde soient bonnes pour la santé !!!

www.lesamisdenoemie.com